據中國國家圖書館藏明刻本影印原書版框高十七·七釐米寬十三釐米

中華再造善本

梁江文通文集 一

江文通文集目録

卷第一

卷第二

卷第三

江文通文集目錄

卷第一

卷第二

卷第三

卷第五

卷第六

卷第七

第二表　　被百僚敦勸受表
蕭拜相國齊公十郡九錫章
蕭相國讓進爵爲王第二表
蕭相國拜齊王表
齊王謝冕旒諸法物表
齊王讓禪表　　遣大使巡詔
賜赦交州詔　　斷葦壬詔
封江冠軍等詔　　大赦詔
北伐詔　　王僕射爲左僕射詔
王撫軍爲安東吳興詔

曲赦丹陽等四郡詔
王僕射領太子詹事詔
何詹事爲吏部尚書詔
王侍中爲南蠻校尉詔
王光祿爲征南湘州詔
柳僕射爲南兗州詔
王僕射加兵詔　　立學詔
王鎮軍爲中書令右光祿詔
張令爲太常領國子祭酒詔
蕭冠軍進號征虜詔

雲山讚四首并序

藿香　杜若

署預　黄連

石上菖蒲　木蓮

山中石榴　山桃

楊梅　檉

杉

豫章　栟櫚

金荆　相思

草木頌十五首并序

蕭太傅東耕祝文

蕭驃騎祭石頭戰亡文

齊故司徒右長史檀超墓誌文

齊故御史中丞孫詵墓誌文

宋故銀青光祿大夫孫夐墓誌文

宋故安成王右常侍劉喬墓誌文

宋故尚書左丞孫緬墓誌文

齊太祖高皇帝誄

卷第十

褚侍中為征北長史詔

梁江文通集目錄

梁江文通集目錄

卷三　九

梁江文通文集卷第一

賦

恨賦

試望平原蔓草縈骨拱木歛魂人生到此天道寧論於是僕本恨人心驚不已直念古者伏恨而死假如秦帝按劒諸侯西馳削平天下同文共規華山爲城紫淵爲池雄圖既溢武力未畢方架黿鼉以爲梁巡海右以送日一旦魂斷宮車晚出若迺趙王既虜遷於房陵薄暮心動昧旦神興別艷姬與美女喪金輿及玉乘置酒欲飲悲來塡膺千秋萬歲爲恨難勝至如李君降北名辱身寃拔劒擊柱弔影慙魂情往上郡心存鴈門烈帛繫書誓還漢恩朝露溘至握手何言若夫明妃去時仰天太息紫臺稍遠關山無極摇風忽起白日西匿隴鴈少飛代雲寡色望君王兮何期終蕪絶兮異域至乃敬通見抵罷歸田里閉關却掃塞門不仕左對孺人顧弄稚子脫略公卿跌宕文史齎志没地長懷無已及夫中散下獄神氣激揚濁醪夕引素琴晨張秋日蕭索浮雲無光鬱青霞之奇意入脩夜之不

陽或有孤臣危涕孽子墜心遷客海上流戍隴
陰此人但聞悲風颯起泣下霑襟亦復含酸茹
歎銷落湮沉若乃騎疊迹車屯軌黃塵匝地歌
吹四起無不煙斷火絕閉骨泉裏已矣哉春草
暮兮秋風驚秋風罷兮春草生綺羅畢兮池館
盡琴瑟滅兮丘壟平自古皆有死莫不飲恨而
吞聲

去故鄉賦

日色暮兮隱吳山之丘墟北風析兮絳花落流
水散兮翠莖蹂愛桂枝而不見悵浮雲而離居
廼凌大壑越滄淵汯汯積漾水橫斷山窮陰匝
海平蕪帶天於是泣故關之已盡傷故國之無
際出汀州而解冠入溆浦而捐視（協韻）聽蒹葭之
蕭瑟知霜露之流滯對江皐而自憂弔海濱而
傷歲撫尺書而無悅倚樽酒而不持去室宇而
遠客遵蘆葦以為期情嬋娟而未罷愁爛漫而
方滋切趙瑟以橫涕吟燕笳而坐悲少歌曰芳
洲之草行欲暮桂水之波不可渡絕世獨立兮
報君子之一顧是時霜翦蕙兮風摧芷平原晚
兮黃雲起寧歸骨於松栢不買名於城市若濟

河無梁兮沉此心於千里重曰江南之杜衡兮
色以陳願使黃鵠兮報佳人橫羽觴而淹望撫
玉琴兮何親瞻層山而蔽日流餘涕以沾巾恐
高臺之易晏與螻蟻而爲塵

倡婦自悲賦 并序

漢有其録而亡其文泣蕙草之飄落憐佳人之
埋暮迺爲辭焉

粤自趙東來舞漢宮瑶庌金陳桂枝嬌風素壁
翠樓明月徒秋謌聲忽散傷人復愁君王更衣
露色未晞侍青鑾以雲聳夾丹輦以霞飛願南

山之無隙指壽陵以同歸俄而緑衣坐奪白華
卧進屑骨不憐抆金誰悉九重已關高門自蕪
青苔積兮銀閣澁網羅生兮玉梯虛度九冬而
廓處遥十秋以分居傷營魂之已盡畏松栢之
無餘歸故鄉之末光實夫君之晚滋去栢梁以
淹袂出桂苑而斂眉視朱殿以再暮撫嬪華而
一疑於是怨帝關之遂岨悵平原之何極霜繞
衣而葭冷風飄輪而景昊御思趙而不顧馬懷
燕而未息泣遠山之異峯望浮雲之雜色若使
明鏡前兮碎孤鴈之錦翼迺爲詩曰曲臺歌未

徒黃壤哭已親玉玦歸無色羅衣會成塵驕才雄力君何怨徒念薄命之苦辛

哀千里賦

蕭蕭江陰兮荊山之岑北繞瑯琊碣石南馳九疑桂林山則異嶺奇峯橫嶼帶江雜樹億尺紅霞萬重水則遠天相逼浮雲共色法法無底溶溶不測其中險如孟門谿若長河參差巨石縱橫龜鼉若乃夏后未鑿秦皇未鬬塹岩生岸迆邐成迹馳湍走浪漂沙擊石伊孟冬之初立出首夏以歸來自出國而辭友永懷慕而抱哀魂終朝以三奪心一夜而九摧徒望悲其何及銘此恨於黃埃於時鴻鴈既鳴秋光亦窮水黯黯兮蓮葉動山蒼蒼兮樹色紅思雲車兮沅北望蜺裳兮澧東惜重華之已没念芳草之坐空既而悄愴成憂憫默自憐信規行之未曠知矩步之已難雖河北之爽塏猶橘柚之不還及年歲之未晏願匡坐於霸山

青苔賦并序

余鑿山楹爲室有苔焉意之所之故爲是作云

嗟青苔之依依兮無色類而可方必居閑而就

寂以幽意之深傷故其處石則松栝交陰泉雨長注絕磵俯視崩壁仰顧悲凹嶮兮唯流水而馳騖遂能崎屈上生班駮下布異人貴其貞精道士悅其廻趣咀松屑以高想捧丹經而永慕若其在水則鏡帶湖沼錦匝池林春塘秀色陽鳥好陰青郊未謝兮白日照路貫千里兮綠草深迺生水而搖蕩遂出波而沉滛假青條兮捴翠借黃花兮舒金遊梁之客徒馬疲而不能去兎園之女雖蠶飢而不自禁至於脩臺廣廡幽閤閑楹流黃以織琴瑟且鳴户牖秘兮不可見

履袂動兮覺人聲迺蕪階翠地繞壁點墻春禽思兮蘭莖紫秋蟲吟兮蕙實黃晝遙遙而不暮夜永永以空長零露下兮在梧楸有美一人兮歎以傷若迺崩隍十仞毀冢萬年當其志力雄俊才圖驕堅錦衣被地鞍馬耀天淇上相送江南採蓮妖童出鄭美女生燕而頓死豔氣於一旦埋玉玦於窮泉寂兮如何苔積網羅視青蘼之杳杳痛百代兮恨多故其所詰必感所感必哀哀以情起感以怨來魂慮斷絕精念徘徊者也彼木蘭與豫章既中繩而獲夭及薜荔與蘼

蕪又懷芬而見表至哉青苔之無用吾孰知其多少

石刼賦 并序

海人有食石刼一名紫蘼蚌蛤類也春而發華有足異者戲書爲短賦

我海若之小臣具品色於滄溟既鑪天而銅物亦喻化而柒靈比文豹而無恤方珠蛤而自寧巽湖濤之蔽迹願洲渚以淪形故其所廵左委羽右窮髮日照水而東昇山出波而隱没光避伏而不燿智埋冥而難發何弱命之不禁遂永至於天閼已矣哉請去海人之灰陋充公子之嘉客儻委身於玉盤從風雨而可惜

水上神女賦

江上丈人遊宦荆吳首衛國望燕途歷秦關出宋都遍覽下蔡之女具悦淇上之妹未有粉白黛黑鬼神之所無也廼造南中渡炎洲逕玉磵越金流路逶迤而無軌野忽滞而尠儔山反覆而参錯水澆灌而縈薄石五采而横峯雲千色而承蕚日炯炯而舒光雨屑屑而稍落紫莖繞逕始参差紅荷緣水纔灼爍忽而精飛視亂意

走心移綺靡萎蓋帳望黃枝一麗女兮碧渚之
崖曖曖也非雲非霧如烟如霞諸光諸色雜卉
雜華的的也象珪象璧若虛若實綾錦共文瑤
貝合質遂乃紅脣寫朱真眉學月美目艷起秀
色爛發窈窕暫見偃蹇還沒冶異絕俗奇麗不
常青娥羞艷素女慚光笑李后於漢主耻西施
於越王神纚覆而愉悅志離合而感傷女遂俯
整玉軑仰肅金鑣或採丹葉或拾翠條守明璣
而爲誓解琅玕而相要情乍合而還散色半親
而復嬌聳軿車於水際亭雲霓於山椒奄人祇

之彷像共光氣而寂寥於時也綵霞繞繞卿雲
縵縵石瓊文而翕艴山龍鱗而熠爛苔綠根而
攢集草紅葩而舒散日炫晃以朧光樹葳蕤而
蓊鬱無西海之浩蕩見若木之千尋非丹山之
赫曦聞琴瑟之空音理洞徹於俗聽物驚恠於
世心恨精影之不滯悼光晷之難惜閱有無於
俄頃驗變化於咫尺視空同而失貌察倏忽而
亡迹野田田而虛翠水湛湛而空碧廼唱桂櫂
凌衝波背橘浦向椒阿硉矹木石洪漭蛟鼉顧
御僕而情饒巡左右而怨多弔石渚而一歎悵

沙洲而少歌苟懸天兮有命永離決兮若何退以窈妙聲無形音色非質麗於嬪嬙精於琴瑟尋漢女而空佩觀清角而無疋嬪揚不足聞知夔牙焉能委悉何如明月之邑玄雲秋露之慙白日愁知形有之留滯非英靈之所要術也

泣賦

秋日之光流兮以傷霧離披而殺草風清冷而繞堂視左右而不臑具衣冠而自涼默而登高谷坐景山倚桐栢對石泉直視百里處處秋烟閒寂以思情緒留連江之永矣蓮欲紅南有喬木葉以窮心蒙蒙兮恍惚䰟漫漫兮西東詠河兖之故俗眷徐楊之遺風眷徐楊兮阻關梁詠河兖兮路未央道尺折而寸斷魂十逝而九傷欷潺湲兮沫袖泣鳴咽兮染裳若夫景公齊山荆卿燕市孟嘗聞琴馬遷廢史少卿悼躬夷甫傷子皆泣緒如絲詎能仰視鋍終古而若斯況余輩情之所使哉

待罪江南思北歸賦

伊小人之薄伎奉君子而輸力接河漢之雄才暉日月之英色絕雲氣而厲響負青天而撫翼

德被命而不渝恩潤身而無極何規矩之守任
信愚陋而不肖愧金碧之琳瑯慙丹艧之照曜
樊天綱而自離徒夜分而誰弔遭大道之隆盛
雖草木而勿履誤銜造於遠國出顛沛之願始
去三輔之臺殿辭五都之城市惟江南兮丘墟
遥萬里兮長蕪帶封狐兮上景連雄虺兮蒼梧
當青春而離散方仲冬而遂徂寒蒹葭於余馬
傷霧露於農夫跨金峯與翠巒涉桂水與碧湍
雲清泠而多緒風蕭條而無端猨之吟兮日光
迥犺之晞兮月色寒究烟霞之繚繞具林石之

巑岏於是臨虹蜺以築室鑿山楹以爲柱上皛
皛以臨月下滛滛而愁雨奔水潦於遠谷汩木
石於深嶼鷹隼戰而橧巢黿鼉怖而穴處若季
冬之嚴月風摇木而騷屑玄雲合而爲凍黄烟
起而成雪虎踡跼而斂步蛟夔尼而失穴至江
蘺兮始秀或杜衡兮初滋桂含香兮作葉藕生
蓮兮吐絲俯金波兮百丈見碧沙兮來往霧葢
葢兮半出雲雜錯兮飛上石熠爛兮各色峯近
遠兮異象及廻風之摇蕙天潭潭而下露木蕭
梢而可哀草林離而欲暮夜燈光之寥迥歷隱

無偶字

憂而不去心湯湯而誰告魄寂寂而何語情枯
槁而不反神魂覆而亡據夫以雄才不世之主
猶儲精於沛鄉奇略獨出之君尚婉戀於樊陽
潘去洛而掩涕陸出吳而增傷況北州之賤士
爲炎土之流人共魍魎而相偶與蠨蛸而爲鄰
秋露下兮點劒舄青苔生兮綴衣巾步庭廡兮
多蒿棘顧左右兮絕親賓憂而塡骨思兮亂神
願歸靈於上國雖坎軻而不惜身

別賦

黯然銷魂者唯別而已矣況秦吳兮絕國復燕
宋兮千里或春苔兮始生乍秋風兮暫起是以
行子腸斷百感悽惻風蕭蕭而異響雲漫漫而
奇色舟凝滯於水濱車逶遲於山側棹容與而
詎前馬寒鳴而不息掩金觴而誰御橫玉筯而
沾軾居人愁卧怳若有亡日下壁而沉彩月上
軒而飛光見紅蘭之受露望青楸之罹霜巡層
楹而空掩撫錦幕以虛涼知離夢之躑躅意別
魂之飛揚故別雖一緒事乃萬族至若龍馬銀
鞍朱軒繡軸帳飲東都送客金谷琴羽張兮簫
鼓陳燕趙歌兮傷美人珠與玉兮艷暮秋羅與

綺兮嬌上春驚駟馬之素沫聳淵魚之赤鱗造
攜手而銜涕各寂寞而傷神乃有劒客慙恩少
年報士韓國趙廁吳宮燕市割慈忍愛離邦去
里瀝泣共訣抆血相視驅征馬而不顧見行塵
之時起方銜感於一劒非買價於泉裏金石震
而色變骨肉悲而心死或乃邊郡未和負羽從
軍遼水無極鴈山憏雲閨中風暖陌上草薰日
出天而耀景露下地而騰文鏡朱塵之照爛襲
青氣之烟熅攀桃李兮不忍別送愛子兮沾羅
裾至如一赴絕國詎相見期視喬木兮故里訣

北梁兮永辭顧左右兮魄動視親賓兮淚滋可
班荊兮增恨唯樽酒兮敘悲值秋鴈兮飛日當
白露兮下時怨復怨兮遠山曲去復去兮長河
湄又若君居淄右妾家河陽同瓊珮之晨照共
金鑪之夕香君結綬兮千里惜瑤草之徒芳慙
幽宮之琴瑟晦高臺之流黃春閨閟此青苔色
秋帳含茲明月光夏簟青兮晝不暮冬釭凝兮
夜何長織錦曲兮泣已盡迴文詩兮影獨傷儻
有華陰上士服食還仙術將妙而猶學道已寂
而未傳守丹竈而不顧鍊金鼎而方堅駕鶴上

漢騄鸞騰天暫遊萬里少別千年惟世間兮重別謝主人兮依然下有芍藥之詩佳人之歌桑中衛女上宮陳娥春草碧色春水渌波送君南浦傷如之何乃至秋露如珠秋月如珪明月白露兮陰景往來與子之別思心徘徊是以別方不定別理千名有別必怨有怨必盈使人意奪神駭心折骨驚雖淵雲之墨妙嚴樂之筆精金閨之諸彦蘭臺之群英賦有凌雲之稱辨有雕龍之聲詎能摹暫離之狀寫永訣之情者乎

蓮華賦并序

余有蓮華一池愛之如金宇宙之麗難息絶氣聊書竹素儻不滅焉

撿水陸之具品閲山海之異名珍爾秀之不定乃天地之精英殖東國之流詠出西極而擅名方翠羽而結葉比碧石而爲莖蘂金光而絶色藕冰拆而玉清載紅蓮以吐秀披絳華以舒英故香氛感俗淑氣參靈躑躅人世茵薀祇冥青桂羞烈沉水慙馨於是生乎澤陂出乎江陰見綵霞之夕照覿雕雲之晝臨既翕赩於洲漲亦映曖於川潯奪夜月及熒光掩朝日與赩火出

金沙而延曜被淥波而覃拖冠百草而絕群出異類之衆夥故仙聖傳圖英隱流記一爲道珍二爲世瑞發青蓮於王宮驗奇花於陸地若其江淡澤芬則照電爍日池光沼綠則明璧洞室曜長洲而瓊文映青崖而火質或憑天淵之清峭或殖疏圃之蒙密故河北櫂歌之姝江南採菱之女春水厲兮楫潺湲秋風駃兮舟容與著縹芰兮出波暐緗蓮兮映渚迎佳人兮北燕送上客兮南楚知荷華之將晏惜玉手之空佇廼爲謠曰秋鴈度兮芳草殘琴柱急兮江上寒願一見兮道我意千里遠兮長路難若其華實各名根葉異辭既號芙渠亦曰澤芝麗詠楚賦艷歌陳詩非獨瑞草爰兼上藥味靈丹沙氣驗青艧乃可棄劒海岫龍舉雲蕚書臺殿兮霞蔚圖纓縞兮炳爍永含靈於洲渚長不絕兮川壑

丹沙可學賦 并序

咸曰金不可鑄僕不信也試爲此辭精思云爾

惟雲塲之少折乃人逕之多憂雖瑤笙及金瑟雜翠帳與丹幬吞悲欣於得失銜哀樂於春秋煥如星絕黯如火滅星絕難光火滅可傷故從

師而問道冀幽路之或暘測神宗之無緩踐雲
根之不賒信名山及石室驗青傾與丹沙擣五
難之重滯擘九仙之輕華故抱魄寂處凝神空
居泯邈深晝窈鬱重虛覞炫燿而可見聽沉寥
而有餘於是乘河漢之光氣騎烈星之綵色輟
陰陽於形有傅變化於心識浮恍惚而無涯泛
靈恠而未極架日月之精照鶱蛟龍之毛翼遂
乃氣穆肅而神奔骨窈窕而鬼恠綴葳蕤而成
冠黙雜錯而爲珮出涸泣而遐鶩貫濛鴻而上
厲鳳之來兮蔽日鸞之集兮爲群左昆吾之炎

景右崦嵫之鄉雲爛七采之焰燿漫五色之熅
烟非世俗之質見焉鬼神之嘗聞既而曖碧臺
之錯落燿金宮之玲瓏幻蓮華於繡闥化蒲桃
於錦屏艶丹光而電熛颷翠氛而杳冥軒儆惘
於宛虹階侘際於奔鯨惑龍宮之殿稱迷忉利
之宮名故靈偃蹇兮姣服女嬋娟兮可觀秀青
色之泯靡熳美目之波瀾襞日月之纂組襲星
宿之羅紈百味酒兮靈之集河供鯉兮靈之安
却文甫之玉質笑陳王之妙顏所以樂精玄於
太一妙宮徵於清都籥含聲而遠近琴吐音而

有無奏神鼓於玉袂舞靈衣於金裾韻蹡躅而
易變律參差而難圖非南風之能擬詎濮水之
可摹於是流瀁不一遨曹無邊娥眉既散鍾鼓
都揹乗綵霞於西海駟行雨於丹淵山差池而
鐔鍪水清明而抱天山含玉以永歲水藏珪以
窮年擬若木以寫意拾瑤草而悠然遂乃疑虛
飲一守仙閉方智寂術盡魄兀心亡白生不能
闢其説惠子無以挫其芒源其恥市朝之失道
疾讒變之不祥却文綵之媱冶去利劒之鏗鎗
悽生死於半氣惜百年於一光故以鑄金爲器
丹沙爲漿慙柔既盡妖怨當忘吾師以爲可學
而公子謂之不良歟

靈丘竹賦

登崎嶇之碧巘入朱宮之玲瓏臨曲江之廻盪
望南山之葱青鬱奉華之石岸艷夏彩於沙汀
遠亘紫林袐埜近匝玉苑禁垌於是綠筠繞岫
翠篁緜嶺參差黛色陸離紺影上謐謐而留間
下微微而停靖濛朱霞之丹氣曖白日之素景
故非英非藥非香非馥而珍跨仙草實踰靈木
夾池水而檀欒繞園塘而橚植既間霜而無凋

亦中暑而增肅每冠名於華戎將擅奇於水陸況有朝雲之館行雨之宮窓崢嶸而緑色戶踟蹰而臨空綺疏蔽而停日朱簾開而留風被菌簵之窈蔚結篠簜之溟濛或産鵁鶄之右或居寒露之東此皆金輿之所出入瑤輦之所周通

戊子仲秋廿九日燈下取元人抄本校此一卷 道默

梁江文通文集卷第一

梁江文通文集卷第二

賦

赤虹賦 并序

東南嶠外爰有九石之山乃紅塵十里青嶂百仞苔滑臨水石險帶溪自非巫咸采藥群帝上下者皆斂意焉於時夏蓮始舒春蓀未歇爾舲波渚緩拽汀潭正逢巖崖相炤雨雲爛色俄而雄虹赫然暈光耀水偃蹇山頂舄弈江湄僕追而察之實雨日陰陽之氣信可觀也又憶昔登鑪峯上手接白雲今行九石下親弄絳蜺二難

再感而作賦曰

迤邐碕礒兮大極之連山鰅鱅虎豹兮玉虺騰軒孟夏菡萏兮荷蕖承蓮悵何意之容與兮異暫緩此憂年失代上之異人遅山中之虛迹擬鼉梁之交積於是紫油上河絳氣下漢白日無餘碧雲卷半殘雨蕭索光烟艶爛水學金波石似瓊岸錯龜鱗之峻峻繞蛟色之漫漫俄而赤蜺電出蚴蟉神驤曖昧以變依俙不常非虛非實乍陰乍光赩赫山頂炤燎水陽雖圖緯之有

載曠代識而未逢既咨嗟而躑躅聊周流而從容想番禺之廣野意丹山之喬峯覽傳說之一星乘夏后之兩龍彼靈物之詎幾象火滅而山紅餘形可覽殘色未去耀萋蕤而在草映青葱而結樹昏青皆於丹渚曖朱草於石路霞晃朗而下飛日通籠而上度俯形命之窘局哀時俗之不固定赤烏之易遺乃鼎湖之可慕既以爲朱鬢白毳之駕方瞳一角之人帝臺北荒之際弇山西海之濱流沙之野析木之津雲或恠綵煙或異鱗必雜蜺之氣陰陽之神焉

四時賦

北客長欷深壁寂思空牀連流圭窬淹滯網絲蔽戶青苔繞梁春華虛豔秋月徒光臨飛鳥而魂絕視浮雲而意長測代序而饒感知四時之足傷若乃旭日始暖蕙草可織園桃紅點流水碧色思應都兮心斷憐故人兮無極至若炎雲峯起芳樹未移澤蘭生坂朱荷出池憶上國之綺樹想金陵之蕙枝若夫秋風一至白露團團明月生波螢火迎寒眷庭中之梧桐念機上之羅紈至於冬陰北邊永夜不曉平蕪際海千里

飛鳥何嘗不夢帝城之阡陌憶故都之臺沼是以軫琴情動戛瑟涕落逐長夜而心殞隨白日而形削故秦人秦聲楚音楚奏聞歌更泣見悲巳疚實由寃氣愴斷外物非救絫四時而皆難況僕人之末陋也

金燈草賦

山華綺錯陸葉錦名金燈麗草鑄氣含英若其碧莖凌露玉根升霜翠葉暮媚紫榮晨光非錦蜀之可學詎瓊瑾之能方延御秋風之獨秀值秋露之餘芬出萬枝而更明冠衆藹而不群既艷溢於時暮方熠麗於霜分是以移馥蘭畹徙色曲池軼長洲兮杜若跨幽渚兮芳蘺映霞光而爍爚懷風氣而參差故植君玉臺生君椒室炎萼耀天朱英亂日永緒恨於君前不遺風霜之蕭瑟藉綺帳與羅袿信草木之願畢

橫吹賦并序

驃騎公以劍卒十萬禦荆人於外郊鐵馬煩而人聳色綵旄耀而士銜威軍容有橫吹僕感而爲之賦云

北陰之竹兮百尺而不見日石硿礲而成象山

沓合而爲一雲逕逕而孤去風時時而寒出木
斂柯而攢抗草騫葉而蕭瑟故左嶠巇右硱磳
樹嵒嵺水泓澄鎮雄蛟及雌虺颸獨鵾與單鷹
白山顥赤山艶匝流沙經西極原陸窈灌莽深
人聲絶馬迹沉寂然四顧增欷累吟雖欲止而
不能禁此竹方可爲器廼出天下之英音於是
帶以湨色扣以瓊文潤如沉水華若浮雲赤毅
紫駮星含露分其聲也則鞅鬱有意摧萃不群
超遥衝山嶠曲抱津緜羃順序周流衝呂故西
骨秦氣悲憾如懟比質燕聲酸極無已斷絶百

意繚繞萬情吟黄烟及白草泣虜軍與漢兵於
是海外之雲處處而秋色河中之鴈一一而學
飛素野黵以風暮金天艶以霜威衣袂動兮霧
入冠弓刀勁兮馬毛寒五方軍兮出不及雜色
騎兮往來還瞻如雲兮志如星山可動兮石可
銘功一堅兮迹不奪魂既英兮鬼亦靈奏此吹
兮有曲可歌盡而淚續重一命而若烟知半氣
之如燭美人戀而嬋媛壯夫去而躑躅故感魂
傷情獲賞彌倍妙器奇製見貴歷代所以韻起
西國響流東都浮江繞泗歷楚傳吳故亙夏以

爲寶飾京關以爲戎儲至于具曹象弭之威織
文魚服之容鄞山錫刄耶溪銅鋒皆陸斷犀象
水斬蛟龍載雲旗之逶迤扈屯騎之溶溶啾寥
亮於前衡嘒陸離於後陣視眄眩而或近聽嘹
嘈而遠震奏白登之二曲起關山之一引吐哀
也則瓊瑕失綵銜樂也則鉛堊生潤採菱謝而
自罷綠水慙而不進代能識此聲者長滅淫而
何忝

扇上綵畫賦

臨淄之雅女宋鄭之妙工織素麗於日月傳畫

明之綵虹洛陽之伎極江南之巧窮故飾以赤
野之玉文以紫山之金空青出峨嵋之阻雌黃
出嶓冢之陰丹石發王屋之岫碧髓挺青蛉之
岑粉則南陽鉛澤墨則上黨松心山乃嶄巖鬱
崒路必巑岏崎嶔馭龍所不遠至駕鳳未之前
尋乃雜族以爲此扇爲君縣素女與玉琴玉琴
兮散聲素女兮弄情旻天兮舒縹暮雲兮含頹
窻中暖兮露始滴池上凝兮月又明玉琴兮珠
徽素女兮錦衣促織兮始鳴秋蛾兮載飛識桂
莖之就罷知蘭葉之行衰顧解珮而捐玦指黃

墟而先歸重曰碧臺寂兮無人蔓丹草與朱塵度俄然如一代經半景若九春命幸得爲綵扇兮出入玉帶與綺紳

傷友人賦并序

僕之神交者嘗有陳郡之袁炳焉有逸才有妙賞博學多聞明敏而識奇異僕以爲天下絶倫顯與秋草同折今不復見才矣既而陳書有念橫瑟無從雖乏張范通靈之感庶同嵇尚篤從之哀乃爲辭曰

泫然沾衣兮悲袁友之英秀紛神緒而作民胤靈枝而啓胄轢四代而式昌洎十葉而克茂友人之生川岫降明峻調迥韻惠志聰情倜儻遠度寂寥靈素文攀淵卿史類遷固譬如冬雪既潔將以秋月至徹乃上代而少雙故叔世而曠絶弔蕙若之暫芳慟瓏琰之永闕余既好於斯友乃神交於一顧邈疇年之繾綣窃生平之遊遇既遊遇兮可尋乃協好兮契心懷愛重於素璧結分珍於黃金拾一代而笑淺訪古人而求深故高術而共遝豈異袖而同襟爾挂情於霜栢我發意於東桂擘千品之消散鏟百侯之衰

替帶瑤玉而爭光握隨珠而比麗十圖兮炤籍
抽經兮閱史共檢兮雒書同拚兮河紀既思遊
兮百說亦窮精兮萬里愛詩文之綺發賞賦艷
兮錦起鑿古今之寶賁彈竹素之琛竒信朝日
之徒吳蜀夜星之空移覽秋實於西苑摘春華
於東池蚤同歲於上京未滿年於下國爾湘水
兮深沉我前山兮眇默惟音華與書酒伊楚越
兮南北余結誼兮梁門復從官兮朱藩何人遥
而困阻而天道之匪存凋碧玉之神樹銷紫石
之靈根永遠書於江潋結深痛於爾寃寃線昧

其若絶泣縈盈其若結忞妙賞之不留悼知音
之已逝金雖重而見鑄桂徒芳而被折百年一
盡兮貴楊蕤於後烈

麗色賦

楚臣既放寃往江南弟子曰玉釋珮馬解驂濛
濛渌水褭褭青衫乃召巫史茲憂何止史曰臣
野膠學蔽理臣之所知獨有麗色之說耳夫絶
代獨立者信東方之佳人既翠眉而瑤質亦盧
瞳而赬脣錸金花於珠履颯綺袂與錦紳色練
練而含奪光炎炎其若神非氣象之可譬奚影

響而能親故仙藻靈艷金華玉儀其始見也若紅蓮映池其少進也如綵霓出衣五光徘徊十色陸離實過珊瑚同樹價直瓊草共枝雖玉堂春姬石室素女張烟霧於海際耀光景於河渚乘天梁而皓蕩叫帝閽而延佇猶比之無色方之非侶於是彤臺繡戶當衢横術椒庭承月碧幌延日架虬柱之嚴躧亘虹梁之峻窓錦幔垂而杳寂桂煙起而清溢女乃耀邯鄲之麗步媚趙比之鳴瑟若夫紅華舒春黃鳥飛時紺蕙初嫩頳蘭始滋不擘蘅帶無倚桂旗摘芳拾蘂含詠吐辭笑月出於陳歌感蔓草於衞詩故氣炎日永離明火中槿榮任露蓮花勝風後簷丹葵前軒碧桐笙歌晼右琴儛池東嗟靈王之心悅怨漢女之情空至乃西陸始秋白道月弦金波炤戶玉露曖天網緜挂墻綵螢繞梁氣巳温兮曉未半星雖流兮夜何央憶雜珮兮且一歎念錦衾兮以九傷及冱陰凋時冰泉凝節軒疊厚霜庭澄積雪鳥封魚斂河凝海結紫帷鈴匝翠屏環合麝密周彰燈爐重沓耻新臺之青樓想上宮之邃閣若乃水炤景而見底煙尋風而無

極霧出吳而綺章雲堆趙而碧色霧辭楚而容
裔風去燕而悽惻莫不輟鐐徒倚擘琴心息於
是帳必藍田之寶席必蒲陶之萓圖明室畫浮
雲春蠶度綱綺地應紡秋梭鳴機織爲裝衣象
奩瓊盤神瀝仙丹雕柱絲瑟九華六出翠甦羽
釵綠秀金枝故言必入媚動必應規有光有豔
如合如離氣柔色靡神凝骨竒經秦歷趙旣無
其雙尋楚訪蔡不覩其容亦可駐髮還質駿星
馭龍蠲憂忘死保其家邦蓋天下之至麗孰能
預於此哉宋大夫耀影汰迹縈蒐洒梟貰以雙
珠賜以合璧拂巫盪祝永爲上客

翡翠賦

彼二鳥之竒麗生金洲與炎山映銅陵之素氣
灌碧磴之紅泉石錦質而入海雲綺色而出天
峯炎嵒而蔽日樹靜暝而臨泉霞輕重而成彩
煙尺寸而作緒熱風翕而起濤丹氣赫而爲暑
對潏流之蛟龍銜汶滲之霧雨耀綠葉於冬岫
鏡朱華於寒渚斂惠性及馴心騫頳翼與青羽
終絕命於虞人充南琛於祕府備寶帳之光儀
登美女之麗飾雜白玉以戒文糅紫金而爲色

專妙綵於五都擅精華於八極傳貴質於竹素晦深聲於百億嗟乎雞鶩以稻粱致憂燕雀以堂構貽愁既銜利之利近又遁害之無由令乃依赧火之絕垠出赤縣之紘州逭人迹而獨立睥天倪而爲儔竟同獲於河鴈不俱恕於海鷗必性命兮有當孰能合兮可求

江上之山賦

潺湲瀕溶兮楚水而吳江刻劃嶄崒兮雲山而碧峯挂青蘿兮萬仞竪丹石兮百重嵯峨兮嵒嶨如斲兮如削嶷嶷兮尖出巖岈兮穴鑿波潮兮吐納嵲峯兮積沓鰅鱅兮赤尾黿鼉兮陰匿見紅草之交生眺碧樹之四合草自然而千花樹無情而百色嗟代道之異茲牽憂恚而來逼惟爐炭於片景抱綵緒於一息每意遠而生短恒輪平而路仄信懸天兮窈昧豈繁命於才力既群龍之咸疑焉衆狀之所極俗逐事而變化心應物而迴旋既欻翕其未悟亦縹纏而已遷伊人壽兮幾何譬流星之殞天悵日暮兮吾有念臨江上之斷山雖不敏而無操願從蘭芬與玉堅亂曰折芙蓉兮蔽日冀以邅夫憂心不共

愛此氣質何獨嗟乎景沉

燈賦

淮南王信自華遙命綵女兮餌丹砂而學鳳音紫霞没白日沉桂明燈散玄陰顧謂小山儒士斯可賦乎於是泛瑟而言曰若大王之燈者銅華金檠錯質鏤形碧爲雲氣玉爲仙靈雙棲百枝艷帳充庭熠錦地之文席映繡柱之鴻筆恣靈脩之浩盪釋心疑而未平兹侯服之誇詡而處士所莫營也若庶人之燈者非珠非銀無藻無縟心不貴美器窮於樸是以露冷帷幔風結羅紈螢光別桂蛾命辭蘭秋夜如歲秋情如絲怨此愁抱傷此秋期必丹燈坐歎停説忘辭至夫霜封園橘冰裂池蓀雲雪無際河海方昏冬、膏既凝冬、箭未度消連冬、心寂歷冬、暮亦復朱燈空明但爲傷故乃知燈之爲寶信可賦也王遂讚善澄意歛神屈原才華宋玉英人恨不得與之同時結佩共紳今子凝章挺秀近出嘉賓吐衡吐蕙含瓊含珉摧駿雕輦以愛國之有臣焉

知己賦并序

陳國之華者故吏部郎殷孚其人也博而能通學無不覽雅賞文章尤愛奇逸雖志隱巖石而名動京師矣才多深見氣有遠度雖安期千里不能尚焉始於北府相值傾蓋無已僕乃得罪嶠外遐路窈然始還舊都會君尋卒故爲茲賦以寄深哀

順祇効寶瀆靈會昌時雨種祉山雲降祥承瑤葉之餘暖系金枝之末光聳孤韻以風邁騫逸氣以烟翔故學不常師而心鏡群藉理不啓問而情炤諸容採圖辨緯遊機訪曆潛志百氏沈

神六經冥析義象該洽性靈儒不隱迹墨無遁形既含道潤亦發才華采耀秋月文麗冬霞有體有艷光國光家識包上仁義兼高行如彼清波可挹可鏡又象沖室惟清惟淨氣擬北海情方中散風流未輟盛名猶纂英馳芬激譽流聲滿我筠心而松性君金采而玉相伊邂逅之未遇爰契闊於朱方丹瓊譬而非寶綠蘭比而無芳每賞矜其如契貴懷允而不忘亟間席兮惆悵屢緩帶而從容論十代兮興毀訪五都兮異同談天理之開基辯人道之始終鑿龍圖及鳳

書傾蒼冊與篆字儲西國之闕文採東京之逸記閱歆向之舊旨闡鍾王之新意對楚漢之瞻墨覽魏晉之鴻策授遠近之眞假削古今之名實每齊韻而等逕輒同懷而共術吐情志而深賞忘年齒而隆眷擬余才兮前華比余文兮後彥余結袂於山石君憑神於寒霞何遠期之未從痛哉景其如電堂酒兮一塵暮燈兮萬春黛草兮永祕朱丹兮何晨闡瑤質兮可變知余采兮一奪唯華名與芳暉兮爭日月而無沫

空青賦

夫赤瓊以炤焰爲光碧石以萎蕤爲色咸見珍於東國並被貴於四極況空青之麗寶亦挺山海之不測其所處則峻巘層石龜穴龍壁素岸成雲頳砂如積外隱青苔丹草內伏玉枝瑪瑙銅鉛合生礬確堅英自非索崄覓危乘釁履螭倦春厭秋斲異鐫奇能得廁於軒宇接君子之光儀於是寫雲圖氣學靈狀仙寶波麗水華峯艷山陽谷之樹崦嵫之泉西海之草炎州之烟銀臺之鳥穆王之馬都廣之國番禺之野皆咫尺八極鐼見四荒雲烟始出日月既張若夫邃

古之世汗漫窈微惟此青墨所以造之至乃翠燦軒室葱鬱臺殿雜蛟龍之文章發麟鹿之炳絢騁神形於鍾簴舒恠物與雷電亦有曲帳畫屛素女綵扇錦色窈鬱綺質蔓衍點拂濃薄如隱如見山水萬象丹青曲變成百鎰之可珍亦千金而不賤雖楚之夏姬越之西施趙妃節后秦娥吳娃溺愛靡意鬼飛心離俟青翳爲藻飾方艶紅華與素儀冠衆寶而獨立信求之而無儔

學梁王兎園賦并序

或重古輕今者僕曰何爲其然哉無知音則已矣聊爲古賦以奮枚叔之製焉

碧山倚巘嶠兮象海水碣石朝日晨霞兮艶紅壁仰望沉寥兮數千尺硉硬嵝嵷汨㶁成岫谺呀而窟竇㗱碻礐礭紫蕪丹駮苔點綺縟若斷若續如此者百有十處奔水激集瀴溟㴉渠滴湟吐吸跳波走浪濺沫而相及滆漾長驚澆灌遠注無時息焉青樹玉葉彌望成林亦有輪囷磥硊一枝百頃萬葉共陰縹草丹蘅江離蔓荊酷郁交布原滿隰平於是金塘涵演綠竹被坂

繚繞青翠近而復遠白砂如積雪者焉碧石如圓玦者焉水鳥鴐鵝鷫鷞鶶鴈上飛衡陽下宿沅漢十十五五忽合而復散乃有綺雲之舘頳霞之臺其樂足以棄國釋位遺死忘歸也若夫墨翟商瞿之倫學兼師術才叅道眞方駕蓮軿于沼之濵乃射宿餌魴前繳鸕鷀青黏黄梁矅鼈藏羮臑炰秬漿窮嬉極娛雲翶兮煙翔超然左覽蒼梧右睨鄧林崩石梧岸峴屻藏陰逮至山頂丹壁四平靈木夾道神草列生俯瞰太一下視流星既投冠而棄劒亦抏魄而盪靈於是大夫之徒稱詩而歸春陽始映朱華未希卒逢邯鄲之女蕙色玉質命知其麗攢連映日綺裳下見錦衣上出雖復守禮令人意失遂謡曰碧玉作椀銀爲盤一刻一鏤化雙鸞乃報歌曰美人不見紫錦衾黄泉應至何所禁妃因別曰見上客兮心歷亂送短詩兮懷長歎中人望兮蚕既飢爕蹀暮兮思夜半

梁江文通文集卷第二

八月朔校此卷

梁江文通集卷第三

詩

侍始安王石頭

緒官承盛世逢恩侍英王結劒從深景撫袖逐曾光暮情鬱無已流望在川陽平原忽超遠參差見南湘何如塞北陰雲鴻盡來翔𥈠錞照愁色從坐引憂方山中如未夕無使桂葉傷

從征虜始安王道中

秉笏從帷幕仄身豫休明君子未獲晏小人亦自營結軒首凉野驅馬傃寒城容裔還鄉棹逶迤去國旌山氣直百里山色與雲平喬松日夜竦紅霞旦夕生徒慙恩厚槩空抱春施名仰願光威遠歲晏返柴荆

貽袁常侍

昔我别楚水秋月麗秋天今君客吳坂春色縹春泉憂怨生碧草沅湘含翠烟鑠鑠霧上景懵懵雲外山涉江竟何望留滯空採蓮駐情光氣下凝怨琴瑟前珠貝性明潤蘭玉好芳堅不以宿昔岨懷愧期暮年

就謝主簿宿

季月寒氣重滋蘭錯無芳北風漂夜色河凝嵒
如霜悵哉心神㫧燭滅此深堂菱衣如可贈寧
濕岨雲梁

銅爵妓

武王去金閣英威長寂寞雄劒頓無光雜佩亦
銷爍秋至明月圓風傷白露落清夜何湛湛孤
燭映蘭幕撫影愴無從惟懍憂不薄瑶色行應
罷紅芳幾為樂徒登歌舞臺終成螻蟻郭

學魏文帝

西北有浮雲繚繞華陰山惜哉時不遇入夜值
霜寒秋風聒地起吹我至幽燕幽燕非我國窈
窕為誰賢少年歌且止歌聲斷客子

從冠軍行建平王登廬山香爐峯

廣成愛神鼎淮南好丹經此峯具鸞鶴往來盡
仙靈瑶草正翕絶玉樹信葱青絳氣下縈薄白
雲上杳冥中坐瞰蜿虹俛伏視流星不尋遐怪
極則知耳目驚日落長沙渚曾陰萬里生籍蘭
素多意臨風默含情方學栢松隱羞逐市井名
幸承光誦末伏恩託後旌

望荊山

奉謁至江漢始知楚塞長南閩繞桐栢西途出魯陽寒郊無留影秋日懸清光悲風撓重林雲霞肅川漲歲晏君如何零淚染衣裳玉柱空掩露金樽坐含霜一聞苦寒奏再使艷歌傷

步桐臺

客子畏霜雪憂至竟悠哉綺帷生網羅寶刀積塵埃思君出漢北鞍馬登楚臺歲綵合雲光平原秋色來寂聽積空意凝望信長懷蕙芬自有美光景詎徘徊山中忽緩駕暮雪將盈階

從建平王遊紀南城

恭承此嘉德末官至南荆斂衽依光采端笏奉仁明再逢緑草合重見翠雲生江甸知禮富漢渚聞教清君王澹以思樹羽望楚城年積衣劍滅地遠宮館平錦帳終寂寞綵瑟秘音英丹沙信難學黃金不可成遷化每如兹安用貴空名流宕條中懷凝意方自驚願借若木景長照憂人情

秋至懷歸

悵然集漢北還望岨山田法法百里壑參差萬里山楚闗帶秦隴荆雲冠吳煙草色斂窮水木

葉變吳川秋至帝子降容人傷嬋娟試訪淮海使歸路成數千蓬驅未止極旌心徒自懸若華想無慰憂至定傷年

古意報袁功曹

從軍出隴北長望陰山雲涇渭各流異恩情於此分故人贈寶劒鏤以瑤華文一言鳳獨立再說鸞無群何得晨風起悠哉凌翠氛黃鵠去千里垂涕爲報君

渡西塞望江上諸山

南國多異山雜樹共冬榮潺湲夕澗急嘈嗜晨鵾鳴石林上參錯流沫下縱橫松氣鑑青藹霞光鑠丹英望古一疑思留滯桂枝情結友愛遠岳採藥好長生常畏佳人晚秋蘭傷紫莖海外果可學歲暮誦仙經

劉僕射東山集

蕭蕭雲色滋惟愛起長思喬木嘯山曲征鳥怨水湄共惜玉樽暮願使光陰遲紳裳視絕雲銜意方此時誦飾江皐駕終從海濱詩

寄丘三公

昔我學冠劒逢君在三川何意風雨激一訣異

東西（音先）菊秀空應奪蘭芳幾時堅常恐握手畢
黯如光絕天安得明月珠犨涿寄吳山

陸東海譙山集

杳杳長役思思來使情濃恒忌光氛度籍蕙望
春紅青莎被海月朱華冒水松輕氣曖長岳雄
虹赫遠峯日暮崦嵫谷參差綵雲重永願白沙
渚遊衍遂相從丹山有琴瑟不爲憂傷容

燈夜和殷長史

冬盡綵葉暮金石亦懷傷冰鱗不能起水鳥望
川梁客子依永夜寂寞幽意長卧歌丹丘采坐

失曾泉光結眉慘成慮銷憂非羽觴此心冀可
緩清芷在沅湘

贈煉丹法和殷長史

琴高遊會稽靈變竟不還不還有長意長意希
童顏身識本爛熳光曜不可攀方驗參同契金
竈煉神丹頓捨心知愛永郤平生歡玉牒裁可
卷珠藥不盈箪譬如明月色流采映歲寒一待
黄冶就青芬遲孤鸞

感春冰遙和謝中書二首

江皋桐始華歛衣望邊亭平原何寂寂島暮蘭

紫莖芬披好草合流爛新先生冰雪徒皦潔此焉空守貞

暮意歌上春悵哉望佳人擥洲之宿莽命爲瑤桂因覿書術不變學古道恒真若作商山客寄謝丹水濱

無錫縣歷山集

愁生白露日恐起秋風年竊悲杜蘅暮擥涕弔空山落葉下楚水別鶴噪吳田瘴氣陰不極日色半虧天酒至情蕭瑟憑樽還惘然一聞清琴奏歔泣方留連况乃客子念直視絲竹間

無錫舅相送御帝別

心遠路已迥意滿辭未陳曾風漂別蓋北雲竦征人柸酒憐歲暮志氣非上春若無孤鳥還灑泣何所因

吳中禮石佛

幼生太浮詭長思多沉疑疑思不慙熖詭生寧盡時敬承積刧下金光鑠海湄火宅歛焚炭藥草匝惠滋常願樂此道誦經空山坻禪心暮不雜寂行好無私軒騎久已訣親愛不留遲憂傷漫漫情靈意終不淄誓尋青蓮果永入梵庭期

赤亭渚

吳江泛丘墟饒桂復多楓水夕潮波黑日暮精氣紅路長光寒盡鳥鳴秋草窮瑶水雖未合珠霜竊過中坐識物序晏臥視歲隂空一傷千里極獨望淮海風遠心何所類雲邊有征鴻

渡泉嶠出諸山之頂

岑崟蔽日月左右信艱哉萬壑共馳騖百谷爭往來鷹隼既厲翼蛟魚亦曝鰓崩壁迭枕卧嶄石屢盤迴伏波未能鑿樓船不敢開百年積流水千歲生青苔行行詎半景余馬以長懷南方天炎火寃兮可歸來

遷陽亭

揮淚訪亭候兹地乃閩城萬古通漢使千載連吳兵瑶碉夐嶄崒銅山鬱縱横方水埋金艧圓岸伏丹瓊下視雄虹照俯看綵霞明桂枝空命折煙氣坐自驚劒逕羞前檢岷山慙舊名伊我從霜露僕御復孤征楚客心命絕一願聞越聲

採石上菖蒲

瓊琴乆塵蕪金鏡廢不看不見空閨裏縱横愁思端緩步遵汀渚楊枻泛波瀾竇至煙水流緑

緩桂涵丹憑酒意未愜半景方自歎每爲憂見及杜若詎能寛巽採石上草得以駐餘顔赤鯉儻可乘雲霧不復還

遊黄蘗山

長望竟何極閩雲連越邊南州饒竒恠赤縣多靈仙金峯各虧日銅石共臨天陽岫照鸞采陰谿噴龍泉殘屼十代木喬峯萬古煙禽鳴丹壁上猨嘯青崖間秦皇慕隱淪漢武願長年皆負雄豪威棄劒爲名山况我葵藿志松木横眼前所若同遠好臨風載悠然

還故國

漢臣泣長沙楚客悲辰陽古今雖不舉茲理亦宜傷山中信寂寥孤景吟空堂北地三變露南簷再逢霜羇心眷海闕又見圭緯昌浮雲抱山川遊子御故鄉遠發桃花渚適宿春風場紅草涵電色緑樹鑠煙光高歌傃關國微歎依笙篁請學碧靈草終歲自芬芳

傷内弟劉常侍

金璧自蕙質蘭杜信嘉名丹綵既騰迹華萼故揚聲伊余方罷秀難息向君榮誰疑春光昃何

遠秋露輕遠心惜近路促景怨長情風至衣袖冷况夜螗蛄鳴白露沿漢沼明月空漢生長悲離短意惻切吟空庭注歙東郊外流涕北山垌

從蕭驃騎新帝壘

鯢妖毀王度虹氣岨王猷上宰軫靈略宏威肅廣謀綿嶮冑戈堞乘嶠架烽樓燕兵歌越水代馬思吳州金笳夜一遠明月信悠悠雲色被江出煙光帶海浮開襟夾蒼宇拓遠局溟洲折日豕丹谷總駕臨青丘仄待飈霧晏方從畎壑遊

效阮公詩十五首

歲暮懷感傷中夕弄清琴戾戾曙風急團團明月陰孤雲出北山宿鳥驚東林誰謂人道廣憂慨自相尋寧知霜雪後獨見松竹心

十年學讀書顏華尚美好不逐世間人鬬雞東郊道富貴如浮雲金玉不爲寶一旦鶗鴂鳴嚴霜被勁草志氣多感失泣下沾懷抱

白露淹庭樹秋風吹羅衣忠信主不合辭意將訴誰獨坐東軒下雞鳴夜已晞總駕命賓僕遵路起旋歸天命誰能見人蹤信可疑

飄飄恍惚中是非安所之大道常不驗金火每

如斯忼慨少淑貌便娟多令辭宿昔秉心誓靈
明將見期願從丹丘駕長弄華池滋
陰陽不可知鬼神惟杳冥暫試武帝貌一見李
后靈同情淪異物有體入無形賢聖共草昧仁
智焉足明變化未有極恍惚誰能精
若木出海外本自丹水陰群帝共上下鸞鳥相
追尋千齡猶旦夕萬世更浮沉豈與異鄉士瑜
瑕論淺深
夏后秉兩龍高會在帝臺榮光河雒出白雲蒼
梧來侍御多賢聖升降有群才四時有變化盛

明不徘徊高陽邈已遠竚立誰語哉
昔余登大梁西南望洪河時寒原野曠風急霜
露多仲冬正慘切日月少精華落葉縱橫起飛
鳥時相過搔首廣川陰懷歸思如何常願反初
服閑步穎水阿
宵月輝西極女圭映東海佳麗多異色芬葩有
奇采綺縞非無情光陰命誰待不與風雨變長
共山川在人道則不然消散隨風改
少年學擊劍從師至幽州燕趙兵馬地唯見古
時丘登城望山水平原獨悠悠寒暑有往來功

名安可留
擾擾當途子毀譽多埃塵朝生輿馬間夕死衢
路濱藜藿應見棄勢位乃爲親華屋爭結綬朱
門競彈巾徒羨草木利不愛金碧身至德所以
貴河上有丈人
華樹曜北林芬芳空自宣秋至白雲起蟪蛄嘶
庭前中心有所思虛堂獨浩然安坐詠琴瑟逍
遥可永年
假乘試行遊北望高山岑翩翩征鳥翼蕭蕭松
柏陰感時多辛酸覽物更傷心性命有定理禍

福不可禁唯見雲際鵠江海自追尋
夕雲映西山蟋蟀吟桑子零露被百草秋風吹
桃李君子懷苦心感慨不能止駕言遠行遊驅
馬清河涘寒暑更進退金石有終始光色俯仰
間英艷難久恃
至人貴無爲裁寃守寂寥唯有馳騖士風塵在
一朝輿馬相跨躍賓從共矜驕天道好盈缺春
華故秋凋不知北山民商歌弄場苗

清思詩五首

趙后未至麗陰妃非美極情理儻可論形有焉

足識帝女在河洲晦映西海側陰陽無定光雜
錯千萬色終歲如瓊草紅華長翁赩
師曠操雅操延子聆奇音玄鶴徒翔舞清角自
浮沉明瑄東南逝精絲西北臨白雲瑶池曲上
使淚滛滛
秋夜紫蘭生湛湛明月光偃蹇靈芝來容裔紫
華堂林木不拂蓋淇水寧漸裳倏忽南江陰照
曜北海陽從此長往來萬世無感傷
白露滋金瑟清風蕩玉琴空閨饒遠念虚堂生
夜陰兹夕一何哀明月没西林世人重時暮道

士情亦深賴乘青鳥翼徑出玉山岑
至德不可傳靈龜不可佀草木還根蔕精靈歸
妙理我學杳冥道誰能測窮已須待九轉成終
會長沙市

初二日校此卷

梁江文通集卷第三

梁江文通文集卷第四

詩

惜晩春應劉秘書

煙景抱空意衡杜綴幽心心憂望碧葉涵影顧青林風光多樹色露華翻蕙陰水苔方下蔓石蘿日上尋霞衣已具帶仙冠不持簪徒爲多委欝精鬼還自臨始獲瓊歌贈一點重如金山中有雜桂玉歷乃共斟

卧疾怨別劉長史

四時煎日夜玉露催紫榮始懷未廻歎春意秋方驚凉草散螢色夏樹歛蟬聲憑景魂且謐卧堂怨已生承君客江潭先愁鴻鴈鳴吳山饒離袂楚水多別情金堅碧不滅桂華蘭有英無輟代上朝豈惜鏡中明但見一葉落衰恨方始平

應劉豫章別

清塵播嶠岫遠[redacted]被修[redacted]代高行乃厲天俗態譚明懋散[redacted]才賢裂[redacted]分[redacted]堯甸音田於時秋永永江漢起殘煙獵獵風剪樹颯颯露傷蓮霞出海中雲水發江上泉浸淫泉懷浦泛濫雲辭山洲渚一揚袂殯意元

氣前願效卷施草春華冬復堅

秋夕納凉奉和刑獄舅

蕭條晚秋景旻雲承景斜虛堂起青靄崦嵫生暮霞空居寂以歎左右自幽歌騎星謝辰尾濯髮慙陽阿年歇玄圃璧歲減天津波金簫哀夜長瑤琴怨暮多四時通信黯春風日夜過楚水徒有蘭憂至竟如何

採菱

秋日心容與涉水望碧蓮紫菱亦可採試以緩愁年參差萬葉下泛漾百流前高彩隘通壑香

氣麗廣川歌出櫂女曲儛入江南絃梁竜非逐俗駕鯉乃懷仙衆美信如此無恨出清泉

郊外望秋荅殷博士

白露掩江皐青滿平地蕪長夜亦何際衙思久踟躕企余重蘭貝清才富金瑜獨艷始東山擅麗終西都雲精無永滯水碧豈慙濡屬我嵫景半賞爾若光初折麻異離群紉蕙非索居頻贈既雅歌還懐諒短書

冬盡難離知丘長史

閑居深悵悵颸寒拂中閨寶禮自千里縑書果

君題山川吐幽氣雲景抱長懷茲別亦爲遠潮
瀾鬱東西汀皐日慘色桂閣猿方啼擘意誰姹
際屑涕在心乖杜蘅念無沫石蘭終不睽異怨
歲暮駕遊衍蒼山蹊

外兵舅夜集

丹林一葉舊碧草從此空煙光拂夜色華舟盪
秋風斂意悵何[redacted]極望情思中瑤瀾寂以晏君
采能幾終暮心亦誰寄江皐桂有叢

當春四韻同[redacted]左丞

雷萌山中草雲煦江上花淡烟漾璇景輕風泛
凌霞我有幽蘭念銜意矚里斜友人殊未還獨
慰簷前華

池上酬劉記室

戚戚憂可結結憂視春暮紫荷漸曲池皐蘭覆
徑路葱蒨亘華堂氳氳雜綺樹爲此久佇立容
易光陰度水館次夂羽山[redacted]下暝露懷賞入舊
襟悅物擘新賦惜我無彫文報章慙復素

雜體三十首

夫楚謠漢風既非一國魏製晉造固亦二體譬
猶藍朱成彩雜錯之變無窮宮角爲音靡曼之

態不極故娥眉詎同貌而俱動於魄芳草寧共氣而皆悅於魂不其然歟至於代之諸賢各滯所迷莫不論甘則忌辛好丹則非素豈所謂通方廣恕好遠兼愛者哉乃致公幹仲宣之論家有曲直安仁士衡之評人立矯抗況復殊於此者乎文貴遠賤近人之常情重耳輕目俗之恒蔽是以邯鄲託曲於李奇士季假論於嗣宗此其效也然五言之興諒非夐古但關西鄴下既以罕同河外江南頗爲異法故玄黃經緯之辨金碧浮沉之殊僕以爲亦各具美兼善而已今作三十首詩斆其文體雖不足品藻淵流庶亦無乖商榷云爾

古離別

遠與君別者乃至鴈門關黃雲蔽千里遊子何時還送君如昨日簷前露已團不惜蕙草晚所悲道里寒君行在天涯妾身長別離願一見顏色不異瓊樹枝兎絲及水萍所寄終不移

李都尉從軍 陵少卿

樽酒送征人踟躕在親宴日暮浮雲滋握手淚如霰悠悠清水天嘉魴得所薦而我在萬里結

友不相見袖中有短書願寄雙飛鸞

班婕妤詠扇

紈扇如圓月出自機中素畫作秦王女乘鸞向
煙霧彩色世所重雖新不以故竊愁凉風至吹
我玉階樹君子恩未畢零落在中路

魏文帝遊宴 丕子桓

置酒坐飛閣逍遥臨華池神飈自遠至左右芙
蓉披緑竹奕清水秋蘭被幽崖月出照園中冠
珮相追隨客從南楚來爲我吹參差淵魚猶伏
浦聽者未云罷高文一何綺小儒安足爲肅肅
廣殿陰雀聲愁北林衆賔還城邑何用慰我心

陳思王贈友 植子建

君王禮英賢不恡千金璧雙闕指馳道朱宮羅
第宅從容氷井臺清池映華薄凉風盪芳氣碧
樹先秋落朝與佳人期日夕望青閣褰裳摘明
珠徙倚拾蕙若眷我二三子辭我麗金艧延陵
輕寶劍季布重然諾處富不忘貧有道在葵藿

劉文學感懷 楨公幹

蒼蒼山中桂團團霜露色霜露一何緊桂枝生
自直橘柚在南國因君爲羽翼謬蒙聖主私託

身文墨職丹綵既已過敢不自雕飾華月照芳
池列坐金殿側微臣固受賜鴻恩良未測

王侍中懐德 粲仲宣

伊昔値世亂秣馬辭帝京既傷蔓草別方知杕
杜情崤函蕩丘墟冀闕緬縱横倚棹泛涇渭日
暮山河清蟋蟀依素野嚴風吹枯莖鶗鴂在幽
草客子淚已零去鄉三十載幸遭天下平賢主
降嘉賞金貂服玄纓侍宴出河曲飛蓋遊鄴城
朝露竟幾何忽如水上萍君子篤恩義柯葉終
不傾福履既所綏千載垂令名

嵇中散言志 康叔夜

曰余不師訓潛志去俗塵遠想出宏域高步超
常倫靈鳳振羽儀戢景西海濱朝食琅玕實夕
飲玉池津處順故無累養德乃入神曠哉宇宙
惠雲羅更四陳哲人貴識義大雅明庇身莊生
悟無爲左氏守其真天下皆得一名實久相賓
咸池饗爰鶋鐘鼓或愁辛柳惠善直道孫登庶
知人寫懐良未遠感贈還書紳

阮步兵詠懐 籍嗣宗

青鳥海上遊鸒斯蒿下飛沉浮不相宜羽翼各

有歸飄飄可終極混瀁安是非朝雲乘變化光耀代所希精衛銜木石誰能測幽微

張司空離情 華茂先

秋月映簾櫳懸光入丹墀佳人撫鳴琴清夜守空帷蘭徑少行迹玉臺生網絲庭樹發紅彩閨草含碧滋延佇整綾綺萬里贈所思願垂湛露惠信我皎日期

潘黃門述哀 岳安仁

青春速天機素秋馳白日美人歸重泉悽愴無終畢殯宮已肅清松栢轉蕭瑟俯仰不能弭尋念非但一撫襟悼寂寞恍然若有失明月入綺牕髣髴想蕙質銷憂非萱草永懷寄夢寐夢寐復冥冥何由覩爾形我慙北海術爾無帝女靈駕言出遠山徘徊泣松銘雨絶無還雲華落豈留英日月方代序寢興何時平

陸平原羇官 機士衡

諸后降嘉命恩紀被微身明發眷桑梓永歎懷密親流念辭南澨銜怨别西津驅馬遵淮泗旦夕見梁陳服義追上列矯迹廁宦臣朱黻咸旌士長纓皆俊民契闊承華内綢繆踰歲年日暮

聊惣駕逍遥觀洛川殂歿多拱木宿草凌寒煙
遊子易感慨躑躅還自憐願言寄三鳥離思非
徒然

左記室詠史 思太冲

韓公淪賣藥梅生隱市門百年信荏苒何爲苦
心魂當學衛霍將建功在河源珪組賢君聘青
紫明主恩終軍才始達賈誼位方尊金張服貂
冕許史乘華軒王侯貴片義公卿重一言太平
多懽娛飛蓋東都門顧念張仲蔚蓬蒿滿中園

張黃門苦雨 協景陽

丹霞蔽陽景緑泉涌陰渚水鸛巢層甍山雲潤
柱礎有渰興春節愁霖貫秋序燮燮凉葉奪戾
戾颸風舉高談謌四時索居慕儔侶青苔日夜
黃芳甤戌宿楚歲暮百慮交無以慰延佇

劉太尉傷亂 琨越石

皇晉遘陽九天下横氛霧秦趙值薄蝕幽并逢
虎據伊余荷寵靈感激徇馳騖雖無六奇術冀
與張韓遇寧戚扣角歌桓公遭乃舉荀息冒嶮
難實以忠貞故空令日月逝愧無古人度飲馬
出城濠北望沙漠路千里何蕭條白日隱寒樹

投抶既憒懣撫枕懷百慮功名惜未立玄髮已改素時哉苟有會治亂惟冥數

盧侍郎感交 諶子諒

大厦須異材廊廟非庸器英俊著世功多士濟斯位眷顧成綢繆乃與時髦匹姻媾久不虧契闊豈但一逢厄既已同處危非所恤常慕先達槩觀古論得失馬服爲趙將壃埸得清謐信陵佩魏印秦兵不敢出慨無握中策徒慙素絲質羇旅去舊京感遇踰琴瑟自顧非杞梓免力在無逸更以畏友朋濫吹乖名實

郭弘農遊仙 璞景純

崦山多靈草海濱饒奇石偃蹇尋青雲隱淪駐精魄道人讀丹經方士煉玉液朱霞入窻牖曜靈照空隙傲倪摘木芝凌波採水碧眇然萬里遊矯掌望煙客永得安期術豈愁濛汜迫

孫廷評雜述 楚子荊

太素既已分吹萬著形兆寂動苟有源因謂殤子夭道喪涉千載津梁誰能了思乘扶搖翰卓然凌風矯靜觀尺棰義理足未常少冏冏秋月明憑軒詠堯老浪迹無蚩妍然後君子道領略

歸一致南山有綺皓交臂乆變化傳火乃薪草
亹亹玄思清胷中去機巧物我俱忘情可以狎
鷗鳥

許徵君自敘　詢玄度

張子闔内機單生蔽外象一時排冥筌泠然空
中賞遺此若喪情資神任獨往採藥白雲隈聊
以肆所養丹葩曜芳蕤緑草陰隰敞茗茗寄勝
景不覺凌虛上曲檽激鮮飈石室有幽響去矣
從所欲得失非外獎至哉操斤客重明固已朗
五難既洒落超迹絕塵網

殷東陽興矚　仲文

晨遊任所萃悠悠蘊真趣雲天亦遼亮時與賞
心遇青松挺秀萼惠色出芳樹極眺清波深涵
映石壁素營情無餘滓拂衣釋塵務求仁既自
我玄風豈外慕直置忘所宰蕭散得遺慮

謝僕射遊覽　混叔原

信矣勞物化憂襟未能整薄言遵交衢惣轡出
臺省淒淒節序高寥寥心悟永時菊耀巖阿雲
霞冠秋嶺眷然惜良辰徘徊踐落景卷舒雖萬
緒動復歸有靜曾是迫桑榆歲暮從所秉舟壑

不可攀忘情寄匠郢

陶徵君田居　潛淵明

種苗在東皐苗生滿阡陌雖有倚鋤倦濁酒聊自適日暮巾柴車路闇光已夕歸人望煙火稚子候簷隙問君亦何爲百年會有役但願桑麻成蚕月得紡績素心正如此開逕望三益

謝臨川遊山　靈運

江海經邅迴山嶠備盈缺靈境信淹留賞心非徒設平明登雲峰杳與廬霍絕碧障長周流金潭恒澄徹洞林帶晨霞石壁映初晰乳竇旣滴瀝丹井復寥沉嵒咢轉奇秀崟岑還相蔽赤玉隱瑤溪雲錦被沙汭夜聞猩猩啼朝見鼺鼠逝南中氣候暖朱華凌白雪幸遊建德鄉觀奇探禹穴身名竟誰辯圖史終磨滅且泛桂水潮映月遊海澨攝生貴處順將爲智者說

顏特進侍宴　延年　延之

大微凝帝宇瑤光正神縣揆日粲書史相都麗聞見列漢搆仙宮開天製寶殿桂棟留夏飈蘭橑停冬霰青林結冥濛丹巘披葱蒨山雲備卿藹池冉具靈變重陽集清氣下輦降玄宴鶩望

分衆隧曬目盡都甸氣生川岳陰煙滅淮海見
中坐溢朱組步櫚遷瓊弁禮登佇眷情樂闋延
皇眄測恩躋愉逸沿牒憒浮賤承榮重兼金延
華過盈瑱敢飾輿人詠方慙淥水薦

謝法曹贈別 惠連

昨發赤亭渚今宿浦陽汭而揣切方作雲峯異豈
伊千里別芳塵未歇席零淚猶在袂入聲停艫望
極浦弭棹阻風雪風雪既經時夜永起懷思泛
濫北湖遊苕亭南樓期點翰詠新賞開帙瑩所
疑摘芳愛氣馥拾藥憐色滋色滋畏沃若人事
亦消鑠子衿怨勿往谷風誚輕薄共秉延州信
無慙仲由諾靈芝望三秀孤雲情所託所託已
殷勤祗足攪懷人今行嶀嵊外銜恩至海濱覿
子未僝聚或云覿子杳未僝凝淨在何辰雜珮雖可贈
踈華竟無陳無陳心悄勞旅人豈遊遨幸及風
雪霽青春滿江皐解纜候前侶還望方鬱陶煙
景若離遠末響寄瓊瑤

王徵君養疾

窈藹瀟湘空翠澗澹無滋寂歷百草晦欻吸鵾
雞悲清陰往來遠月華散前墀煉藥矚虛幌泛

琵卧遥帷水碧驗未黷金音詎能緇北渚有帝
子蕩瀁不可期悵然山中暮懷痾屬此詩

袁太尉從駕 淑 陽源

宮廟禮哀敬枌邑道嚴玄恭潔由明祀肅駕在
祈年詔徒登季月戒鳳藻行川雲旆象漢徒宸
綱擬星懸朱權麗寒渚金鍐映秋山羽衛藹流
景綵吹震沉淵辨詩測京國履籍鑒都鄙覘謠
響玉律邑頌被丹弦文軫薄桂海聲教燭冰天
和惠頒上笏恩渥浹下筵幸侍觀洛後豈慕巡
河前服義方無沬展歌殊未宣

謝光禄郊遊 莊 希逸

肅舲出郊際徙樂逗江陰翠山方藹藹青浦正
沉沉凉葉照沙嶼秋榮冒水潯風散松架險雲
鬱石道深靜然鐘縣野四睇亂曾岑氣清知鴈
引露華識猨音雲裝信解黻煙駕可辭金始整
丹泉術終覿紫芳心行光自容裔無使弱思侵

鮑參軍戎行 昭 明遠

豪士枉尺璧宵人重恩光徇義非爲利執羈輕
去鄉孟冬郊祀月殺氣起嚴霜戎馬粟不煖軍
士氷爲漿晨上城皐坂碕礫皆羊腸雲陰籠白

曰大谷晦蒼蒼息徒秘征駕倚劍臨八荒鵾鵬不能飛玄武伏川梁鍛翮由時至感物聊自傷竪儒守一經未足識行藏

休上人怨別　惠休湯氏

西北秋風至楚客心悠哉日暮碧雲合佳人殊未來露彩方泛艷月華始徘徊寶書爲君掩瑶琴詎能開相思巫山渚悵望陽雲臺膏爐絶沉燎綺席生浮埃桂水日千里因之平生懷

悼室人十首

佳人永暮矣隱憂遂歷兹寶燭夜無華金鏡晝恒微桐葉生緑水霧天流碧滋蕙弱芳未空蘭深鳥思時湘醽徒有酌意塞不能持

適見葉蕭條已復花菴鬱帳裏春風盪簷前還鷩拂垂涕視去景催心向徂物今悲輙流涕昔歡常飄忽幽情一不弭守歎誰能慰

夏雲多雜色紅光鑠蕤鮮苒弱屏風草潭拖曲池蓮黛葉鑑深水丹華香碧烟臨綵方自弔擘氣以傷然命知悲不絶恒如注海泉

駕言出逕行冀以滌心胷復值煙雨散清陰帶山濃素沙匝靡岸雄虹冠尖峯出風舞森桂落

日暧圓松還結生不念楚客獨無容
秋至擣羅紈淚滿未能開風光肅入戶月華臨
誰來結眉向珠網瀝思視青苔鬢局將成蓧帶
減不須摧我心君涵烟盎蒀滿中懷
窓塵歲時阻閨蕪日夜深流黃夕不織寧聞梭
杼音凉鵠漂虛座清香盪空琴蜻引知寂寥蛾
飛測幽陰乃抱生死悼豈伊離別心
顥顥氣薄暮蔌蔌清衾單階前水光裂樹上雪
花團庭鶴哀以立雲雞肅且寒方東有苦淚承
夜非膏蘭從此永黷削萱葉焉能寬

杼悲情雖滯送往意所知空座幾時設虛帷無
久垂暮氣亦何勁嚴風照天涯夢寐無端際惝
怳有分離意念每失乖徒見四時虧
神女色姱麗乃出巫山湄逶迤羅袂下郭日望
所思佳人獨不然戶牖絕錦綦感此增嬋娟屑
屑涕自滋清光澹且減低意守空帷
二妃麗瀟湘一有乍一無佳人承雲氣無下此
幽都當追帝女迹出入泛靈輿奄映金淵側遊
豫碧山隅暧然時將罷臨風返故居

梁江文通集卷第四

初三夜校

梁江文通集卷第五

袁友人傳

友人袁炳字叔明陳郡陽夏人其人天下之士幼有異才學無不覽文章俶儻清贍出一時任心觀書不爲章句之學其篤行則信義惠和意罊如也常念蔭松柏詠詩書志氣跌宕不與俗人交俛眉暫仕曆國常侍員外郎府功曹臨湘令粟之入者悉散以贍親其爲節也如此數百年來有此人焉至廼好妙賞文獨絶於世也又撰晉史竒功未遂不幸卒官春秋二十有八與余有青雲之交非直銜盃酒而已嗟乎斯才也斯命也天之報施善人何如哉何如哉

報袁叔明書

僕知之矣高臯爲别執手未期浮雲色曉悵然寃飛前辱贈書知命僕息心越地採藥稽山友人幸甚去歳迫名茂才冬盡不獲有報引領於邑情詎可及足下推僕者不一二談也僕聞狂士之行有三竊嘗志之其竒者則以紫天爲宇環海爲池倮身大笑被髪行歌其次則堅坐崩岸偃卧深窟朝飡松屑夜誦仙經其下則辭榮

城市退耕巖谷塞逕絕賓杜墻不出然者皆羞為西山之餓夫東國之黜臣而況其鄉黨乎或有社稷之士入而忘歸則爭論南宮之前衛主於邪伏身北闕之下納君於治至乃一說之奇驚畏左右一劍之功震慄鄰國夫能者唯橫議漢庭怒髮燕路且猶不數而況於鄰里乎若僕之行止已無可言矣材不肖文質無所直徒以結髮游學備聞士大夫言曰在國忠處家孝取與廉交友義故拂衣於梁齊之館抗手於楚趙之門且十年矣容貌不能動人智謀不足自遠

竟慙君子之恩卒離飢寒之禍近親不言左右莫教凉秋陰陰獨立閑館輕塵入戶飛鳥無迹命保琴書而守妻子其可得哉故國史小官也而子良為之執戟下位也而子雲居之僕非有輕車驃騎之略交河雲險之功幸以盜竊文史之末因循卜祝之間故俛首求衣斂眉寄食耳若十口之隸去於飢寒從疾舊里斥歸故鄉箕坐高視舉酒極望雖五侯交書群公走幣僕亦在南山之南矣此可為智者道難與俗士言也方今仲秋風飛平原彫色木鳥立於孤洲蒼葭

變於河曲寂然淵視憂心辭矣獨念賢明蚤世英華殂落僕亦何人以堪久長一旦松栢被地墳壟刺天何時復能銜杯酒者乎忽忽若狂願足下自愛也

與交友論隱書

淹者海濱窟穴弋釣爲伍自度非奇力異才不足聞見於諸侯每承梁伯鸞卧於會稽之墅高伯達坐於華陰之山心常慕之而未能及也嘗感子路之言不拜官而仕無青組紫紱龜紐虎符之志但欲史曆巫卜爲世俗賤事耳而默然

十載竟不免衣食之敗何則性有所短不可彊絃者有五一則體本疲緩臥不肯起二則人間應脩酷嬾作書三則賓客相對口不能言四則性甚畏動事絕不行五則愚婞妄發輒被口語[redacted]而無一長豈可處人間耶知短而不可易者所謂輪椎[redacted]定也猶如雞鶩之有毛不能得鸞鳳之光采矣況今年已三十白髮雜生長夜輾轉亂憂非一以溘至之命如星殞天促光半路不攀長意徒自欺耶筋駑髓冷殊多災恙心頑質堅偏好冥默既信神農服食之言久固

抄本缺四字

抄本無頑字

天竺道士之説守清淨煉神丹心甚愛之行善業度一世意甚美之今但願拾薇藿誦詩書樂天理性歛骨折步不踐過失之地耳猶以妻孥未奪桃李須陰望在五畝之宅半頃之田烏赴簷上水匝階下則請從此隱長謝故人若乃登峨嵋度流沙飡金石讀仙經嘗聞其驗非今日之所言也誰謂難知青鳥明之黄布筆墨然亦焉足道哉

奏記詣南徐州新安王

伏惟明公殿下列譽椒壁飛聲沖漢爰求儒雅傍招異人削赤野之玉翦燕山之金至如淹者東國之徒步耳方歛影逃形匡坐編蓬之下遂遭煙露餘彩日月末光惟恩知泰變色薰心淹聞齊石既撫無待巴人之唱檀臺巳搆寧俟不才之木淹幼乏鄉曲之譽長匱藻之德豈宜炫璞鄭氏獻鳳楚門哉願避職吏緩其召書

到主簿日事詣右軍建平王

淹乃庸人素非奇士既慙鄒魯儒生之德又謝燕趙俠客之節徒以結髮衛次暫聞仁義常欲永辭冠劍弋釣畎壟而身輕恩重猥奉末光枉

白璧之惠降黑貂之私因茲感激未能自反負
金羇於淮吳從後車於河楚竟不能曜丹艧騰
英聲絶白雲負蒼梧至可知矣不謂咸池再暉
瑶光重照開高天之慈布厚地之施承命以驚
廵走且失淹聞古人爲報常有意焉至迺一説
之効齊王動色一劒之感趙王解衣孤心廻槩
有殞自天

被黜爲吳興令辭牋詣建平王

淹本遷徙之徒非有儒墨之能亦以轉命溝間
待殯巖下誤得步脩梘循高軒伏層檻坐曲池

承翠河之潤降璇日之光載筆奉后盛飾立朝
於山東百姓亦已殊甚雖蔣螻蟻拭黄塵不足
以塞惠而小人狼狽爲鬼爲蜮山淵所容衣劒
不貸黥赭幽圄皆非報責仰遭大道之行草木
勿践轊鑊歛火吹寃拾骨濯以河漢之流曝以
秋陽之景叢然黔首豈不戴天竊思伏阜九載
齒録八年以春以秋且思且顧竟不能抑黒質
楊赤文抽精膽報慈光而自爲擁腫之異木卒
成踴躍之妖金所謂孽由已作匪降自天猶沭
造化餘靈宥以遐邑方蒙被霜露裹糧洲島鑿

山楹爲室永與鼀鼉爲群猶蹶者不妄起盲者不妄視况罪溢朔方尚駐一等之刑咎過朱崖猶緩再重之施金石無知何以識荅昔河濟荆吳必獲陪從京輔關轂長奉帷席德音在耳話言如昨淹廼梁昌自投東極晨烏不飛遷骨何日一辭城濠旦夕就遠白雲在天山川閒之眷然西顧涕下若屑

詣建平王上書

昔者賤臣叩心飛霜擊於燕地庶女告天振風襲於齊臺下官每讀其書未嘗不廢卷流涕何

者士有一定之論女有不易之行信而見疑貞而爲戮是以壯夫義士伏死而不顧者以此也下官聞仁不可恃善不可依謂徒虛語乃今知之伏願大王暫停左右少加矜察下官本蓬戶桑樞之人布衣韋帶之士退不飾詩書以驚愚進不賣聲名於天下日者謬得升降承明之闕出入金華之殿何嘗不局影凝嚴側身局禁者乎竊慕大王之義復爲門下之賓備鳴盜淺術之餘豫三五賤伎之末大王惠以恩光顧以顏色寔佩荆卿黃金之賜竊感豫讓國士之分矣

嘗欲結纓伏劍少謝萬一剖心摩踵以報所天
不圖小人固陋坐貽謗讟迹墜昭憲身限幽圄
履影弔心酸鼻痛骨下官聞虧名爲辱虧形次
之是以每一念來忽若有遺加以涉旬月迫季
秋天光沉陰左右無色身非木石與獄吏爲伍
此少卿所以仰天搥心泣盡而繼之以血者也
下官雖乏鄉曲之譽然嘗聞君子之行矣其上
則隱於簾肆之間卧於巖石之下次則結綬金
馬之庭高議雲臺之上退則虜南越之君係單
于之頸俱啓丹冊並圖青史寧爭分寸之末競

錐刀之利哉下官聞積毁銷金積讒磨骨遠則
直生取疑於盜金近則伯魚被名於不義彼之
二才猶或如是況在下官焉能自免昔上將之
耻絳侯幽獄名臣之羞史遷下室至如下官當
何言哉夫以魯連之智辭禄而不反接輿之賢
行歌而忘歸子陵閉關於東越仲蔚杜門於西
秦亦良可知也若使下官事非其虛罪得其實
亦當鉗口吞舌伏匕首以殞身何以見齊魯奇
節之人燕趙悲歌之士乎方今聖歷欽明天下
樂業青雲浮洛榮光塞河西洎臨洮狄道北距

飛狐陽原莫不浸仁沐義昭景飲醴而下官抱痛圓門含憤獄戸一物之微有足悲者仰惟大王少垂明白則梧丘之寃不愧於沉首鵲亭之鬼無恨於灰骨不任肝膽之切敬因執事以聞

到功曹𠫭軍牋詣驃騎竟陵王

竊惟明使君鉞下道耀神源德鑄靈極誕丞天聽資河炤聖譽拂宏外芳激震中故衡梁孕秀璿機流品夔瑶光之暉賛玉燭之色功邁翊殷績起匡漢是以赤瑕瓊寶之文聮影而夏集青亂遺風之乘𡺸光而遠至如民者蓋不足筭所志不出緇販所學不遺祝筮業異儒墨行乖曾史既之脩短之術又慙啓塞之辨不能伏軾蹲衡鷩燕趙之郊黄金横帶馳淄繩之幣語默罕緒圓方靡樹謬以一氣之微遨百載之會躬奉英眷身蒙青睠故以潤厚累璧恩重兼金不悟懸黎降景靈河瀉潤復獲執羈蘭陳迎笏桂戸漏越之琴竊莊文之價鈌翳之劒盜須哀之名心羞秦滕志慮楚犢抱魄踊躍憂集如燻鐫感何日銘報焉期

拜正員外郎表

臣遇鄉遠迹由學未徒不瑩彫龍之采寧照玄
豹之飾自過被光私濫蒙恩幸屢度經冬亟移
春序皇緯如紐慙飛塵之効璿基方峻謝寒露
之勤故宜伏影軒間卷氣衡下猶蒙供事紫楹
奉役丹殿巡魄擎概榮渥不悟震離徹邃阿景
洞幽復昇官清閨列版嚴閩叢識何算爰忝叔
則之仕菲質焉樹廼謬仲容之職猥枉青艭增
光空質心慷末塵情慙洞戶佇首矯迹以銘以
奏

拜中書郎表

榮鬱兩臨恩俊交鏡悄然璧寬廼懼廼逝臣聞
汝穎之金或揚采於四豪江淮之珠已馳光於
七貴皆聲不妄美第豈庇立未有伎慙湘輿嘗
送目之賞工謝綵輪竊歸風之價臣幼乏篆刻
長睽圖史智罕効官志闕從政方遽永振風長
凌雨不悟遭社鳴之屬河清之會玄雲素霞
必駕蓬萊白毦騂鱗咸蒙解遂仕通物任官登
郎椽此實耀靈之私照而微臣之厚幸也仰惟
皇衢大融氣品呈觀西傾棧山東鯷航海故奇
士端威異人磬折皆相望北闕待詔南宮而臣

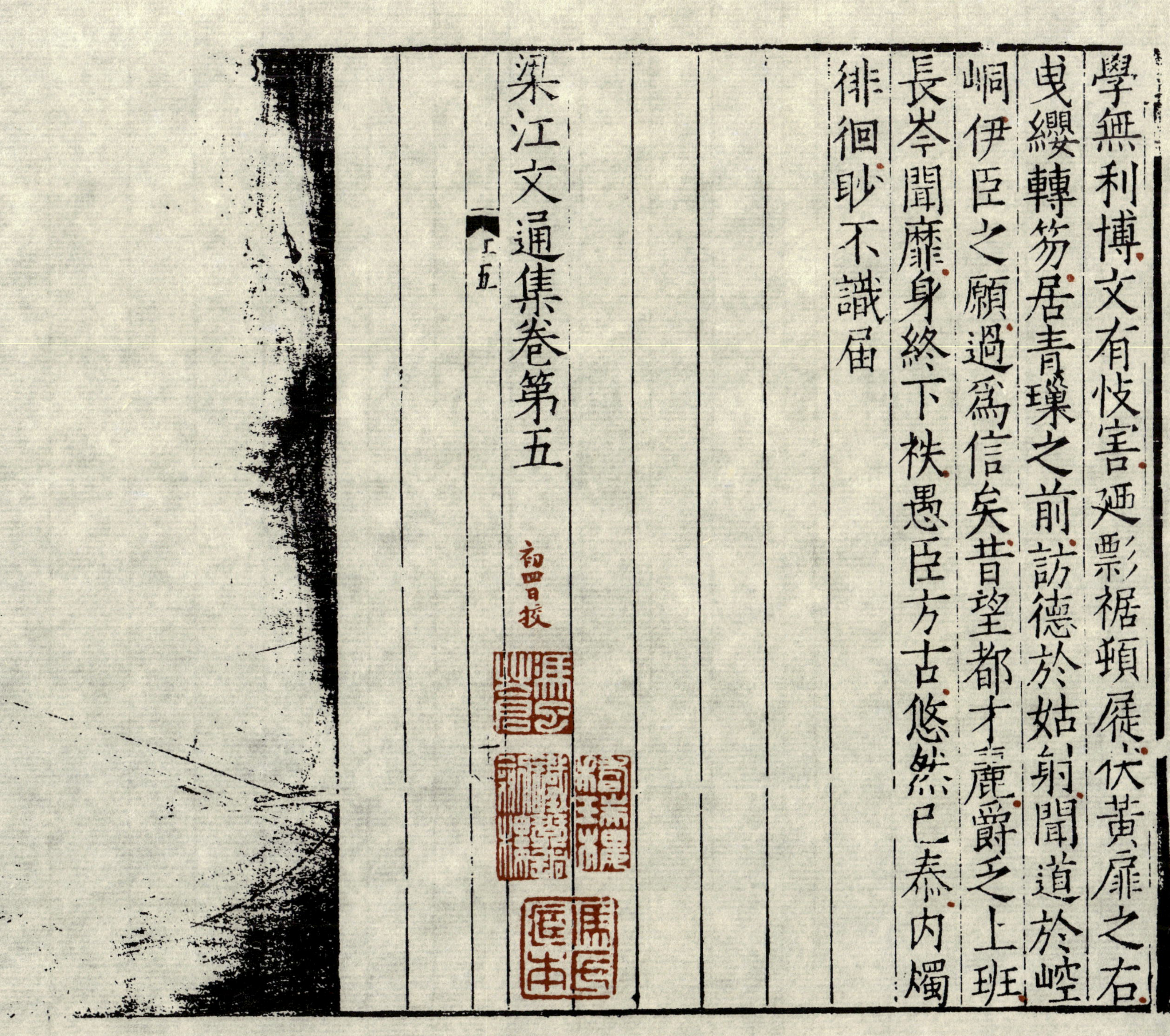

學無利博文有攸害迺影裾頓屣伏黃扉之右曳纓轉笏居青瑣之前訪德於姑射聞道於崆峒伊臣之願過爲信矣昔望都才麗爵乏上班長岑聞靡身終下秩愚臣方古悠然已泰内燭徘徊眇不識届

梁江文通集卷第五

初四日校

學無利博文有伏害遇懸禍頻屢伏黃扉之右
吏纓轉於居青璅之前訪德於姑射聞道於崆
峒伊臣之顧遇為信矣昔望都十庸爵今上班
長本閭庸身終下秩愚臣方古悠然已泰內獨
徘徊恥不識 面

梁江文通集卷第五